KB126476

일어날 일은 일어났다

김한규
1960년 경상남도 하동에서 태어났다.
2017년 『영남일보』 신춘문예를 통해 시인으로 등단했다.
시집 『일어날 일은 일어났다』를 썼다.

파란시선 0081 일어날 일은 일어났다

1판 1쇄 펴낸날 2021년 8월 10일
지은이 김한규
디자인 최선영
인쇄인 (주)두경 정지오
펴낸이 채상우
펴낸곳 (주)함께하는출판그룹파란
등록번호 제2015-000068호
등록일자 2015년 9월 15일
주소 (10387) 경기도 고양시 일산서구 중앙로 1455 대우시티프라자 B1 202호
전화 031-919-4288
팩스 031-919-4287
모바일팩스 0504-441-3439
이메일 bookparan2015@hanmail.net

ⓒ 김한규, 2021, printed in Seoul, Korea

ISBN 979-11-87756-98-9 03810

값 10,000원

일어날 일은 일어났다

김한규 시집

시인의 말

아직 그러고 있냐고 물었다.

그러고 있겠다.

차례

해설

제1부

어디에서

생각하지 않았는데 바다가 있었다 바닥을 밀며 마분지가 검게 우그러지는 소리가 들렸다 새벽입니까

경치라고 할 수 없는 지경까지 발이 길을 끌었다 나갈 수 있는 데까지 가 보기로 했다 나가라, 는 말을 듣기 전인지 후였는지 기억나지 않았다

여행지입니까, 물어보고 싶었으나 아무도 없었다 행여 돌아갈 의도가 있었는지 돌이켜 보았으나 도리가 없었다

나는 번지고 있었지만 끌 수 없었다 번지가 없는 방에는 종이가 눅눅하게 누워 있었다 그런 날이 또 있을까

물은 물을 수 없는 깊이로 소용돌이를 감추었다 소용없다는 말도 들리지 않았고 둘러봐도 여전히 검은색은 두꺼웠다

주위가 옆으로 천천히 번졌다 돌아가지 않는 생각으로 나무가 있었다 묽게 지나가고 싶었다

좋은 아침입니다

멀리 돌아다니지 말고 한군데만 다녀 봐라

보성 당진 강원도 고성 영월에서 동일 씨는 믿었다
타이어가 아스팔트를 쥐어짜는 소리를 하루 종일 들
으면서

조선소에 국수와 가래떡을 싣고
새벽에 나가는 것도 하루아침이었다

병목이 없는 육교에 올라가서 내려다보았다 볼 것이 없
었고 보이는 것이 없었지만 길바닥에 내려서지 않는 것
만으로

버틸 생각이 없는 동일 씨를
시간은 밀어 넣지 않았다

국비 과정 조경반에서 보도블록을 깔고 나무를 심었
다 취미로 나옵니다, 곁에서 정년을 마친 사람이 말했다

귓속에서 고무 타는 냄새가 납니다

그런 말은 하지 않았고

떨어질 것은 다 떨어지고 말이 필요 없어서 심어 놓은 나무를 떠올리면 여기 있다 여기 있다 그런 말인 것 같았는데

거기 있어라 거기 있어라 속으로 삼키면서 입 밖에 내지 않았다

나는 좀 더 뻔뻔해지기로 했다

―

자동차가 다닐 수 있는 길에는 주유소가 있고
주유소의 고객은 자동차라는 사실
그러나 이것은 다만 단순한 사실

말할 수 없는 것을 말해야 하는 이미지는
서 있어야 하는 발바닥 때문에 멀리 있는가

전무님이 오시면 90도로 인사를 해야 합니다, 이것은
분명하게 들으라는 사실이다 아웃소싱으로 단지 주유총
이나 세차용 마포 걸레를 들고 있을 뿐인데

낮은 더웠고 밤은 추웠지
갈아입지 못하는 몸에 식어 버린 가루가 부서지고
모든 냄새는 기억을 만드는 장소였지

그랬을 뿐인데, 90도는 뭉개지라는 말이다 실제로 뭉개
지지 않으면서 말할 수 없는 것을 말하거나 서 있는 발바
닥을 인정하더라도 실패할 것이다

―

부어오른 길 위에서

짐승이 새끼를 낳고 있다
출처가 있는 것들이 되새김하는 대장에서 썩어 간다

생활하는 문장이 있다면 그 속에 코를 박고 죽을 수 있
다 한기를 품고 있는 뼈가 살과 거리를 두는 시간이 사무
치더라도 문장은 생활하지 않는다

문장을 떠나면 뻔뻔해진다
결연이나 서슬 따위는 생활의 밥도 되지 않고

갈 수 없는 길인데 자동차 엉덩이에 쑤셔 박는 총구를
거듭해서 보고 있다 나의 총이 아니다

양묘장

—

처음 가 본 곳에 꽃이
차례를 기다리며 자라고 있었다
알 수 없는 이름으로

무엇을 하는 곳인지 알고 있다는 것은 아무것도 모르는
것이나
마찬가지일 수 있을까 가 보면 안다는 말이 있다

일을 해 보겠다는 마음 때문에
잘 모르는 채로 갔다

익숙해 보이는 사람들이 가위를 들고 잘라 보라고 했고
삽목을 해 보라며 구체적으로 주문했다

처음 해 보는 마음이
어떻게 할지 모르는 마음을 앞섰다

꽃을 물어보는데 영산홍 같은 관목을 얘기하면서 둘러
싸고 있는 숲을 보았디 더 구체적인 꽃은 놔두고

—

단순히 꽃 때문에
해 보면 좋겠다는 생각은 아니었지만

그곳에는 다른 구체적인 것이 있었다
자라는 것을 자세히 보면
움직여서 움직일 수밖에 없는

구체성이 좋아 보여서
모르는 채로 갔다

다시 결과를 기다리는 상태가 되었다

예광탄

발가벗겨졌다
조준당한 채로

앞서간 발자국을 따라 밟다 보니 죽는 상태가 되었습니다 여기는 미끄러지기 쉬운 곳이다

들어와서 한번 보실래요?
붉은 반점을 키우거든요

골목의 깨진 맨홀 뚜껑쯤은 이제 알아볼 수 있지만 더 이상 들어가면 죽을 수도 없다

흔적을 남기지 않고 기어간다는 것은 아무 소용이 없었고 이미 발각되었다 종이 때문에

목표는 곧바로 어둠 속에서 쓰러진다
배울 수 없는 것이다

아는 사람은 알고 있어서 발견된다 아직 죽지 잃은 사람은 죽어서도 해야 할 말이 있어 죽은 사람 앞에서 향

을 올린다

　발굴되지 않은 밤이
　이어서 창궐할 것이다

　이미 발설된 채로

쓸모는 무엇에 쓰는 물건인가

번영을 위한 시장 좌판에
상철 씨가 앉아 있다

책이 없이 시장을 섭렵하였다 무관심을 얻기까지 좌판
의 쓸모는 컸다 앉아 있는 동안 시장은 번영하지 않았고

언제 앉았는지 모르는 사람들은
언제 일어설지도 몰랐는데
상철 씨가 눈에 띄는 작은 쓸모라도 없애려는 노력의
결과였다

결과는 쓸모 있었지만
생각이 없었다

아무 곳에도 가지 않는 상철 씨는 시장에 왔고 아무런
적의도 없고 슬픔도 없다고 했다 들은 사람이 없지만 관
심이 있을 때 알게 되었다

막걸리 한 잔이나 두 잔 앞에
앉아 있는 그가 언제 죽을지도 사람들은 관심이 없었

는데
　그런 자유는 얼마나 쓸모 있는 것일까

　알 수 없었다
　알 수 있는 것은 앉아 있는 상철 씨

　한 벌의 외투 밖에서
　바람이나 비나 눈의 짧은 생이 왔다가 갔다

　상철 씨는 참선을 하지 않았고 골똘하지 않았고 욕심
을 보이지 않았고 어떤 말도 하지 않았고 들려오는 것은
듣고 있었는데

　그것은 좌판의 쓸모와 섭렵한 시장 때문이라 여기지만
쓸모없어진 상철 씨에게 물어볼 수는 없었다

조사받는 사람

박카스 병을 따면서 통 웃지 않으시네요, 라고 했다 한 때 얼굴이 걸렸던 벽에 기대 웅크린 때가 많았지 박힌 못을 빼지 않고 왔는데, 뚜껑을 돌리며 생각한다 우리는 조사를 해야 되거든요 혼자 계시니까 가족이 있습니다, 그래도 여기 주소는 혼자시잖아요 박카스 박카스, 뚜껑은 끝이 갈라지고 있다 그전에는 뭘 하셨어요? 조사하는 것과 궁금한 것 사이에서 마시지 않은 박카스 병이 있다 이러고 그러고 있습니다 얼굴이 걸렸던 대못이 떠오른다 질문이 막히는 순간에는 무엇이 떠오르십니까 묻지 않고 대답이 없는 시간이 지나간다 말이 적히고 적히는 말을 볼 수 없다 무슨 말을 했죠? 물어보지 않아도 되는 것과 물어봐야 할 것의 차이를 알고 싶습니다만 언젠가는 벽에 걸려 있던 얼굴이 떨어진다 못이 박혔나 보군요 말을 하지 않아도 분류된다 파일 속에서 구겨진다 궁금하지 않은 방문이 지나가고 박카스 병이 남아 있다 닫힌 문 앞에 따 버린 병 뚜껑의 끝이 갈라져 있다

원룸의 입장

빛이 가려지는 시간과 빛이 들어오는 시간과 빛이 사라지는 시간뿐이다 서로는 없다 벽과 틈과 관이 룸으로 나뉘지만 통으로 다뤄진다 애초에 인간 따위는 관심조차 갖지 않았다 서서히 낡아 가는 냄새뿐이다 온갖 종류의 인간 때문에 점점 지쳐 가지만 그들 탓도 아니다 나의 성분은 주어진 것뿐이다 인간이 불을 끄고 누워서 내가 자기를 보고 있다고 생각한다 자주 있는 일이다 보는 것은 나의 성분이 아니다 다만 있을 뿐이다 인간의 눈은 감고 있을 때도 주위를 의식한다 혼자 있을 때 그들의 정신병은 더 심해진다 하지만 내가 그걸 알아서 무엇에 써먹겠단 말인가 바닥에서 올라오는 것이 있다 내려가는 것이 있다 한 줌의 빛 속에서 죽어 가는 것이 있다 들어올 때는 인간에 따라 상태가 다를 수 있지만 통으로 스러져 갈 뿐이다 부서지는 인간의 얼굴과 삭아 내리는 몸뚱이를 내가 왜 받치고 있어야 한단 말인가 상관없고 상관없는 일이다 벽 사이에서 바람이 일다 말고 일다 말고 비닐봉지가 날리고 담배꽁초가 떨어진다 모든 상태가 있다 그렇다는 것이다 지금까지 한 말도 내가 한 말이 아니다 서로는 없다 무너지고 있을 뿐이다 있다고 생각할 필요도 없는 것들이 있다는 말은 잘도 한다

PT25, 천국에서 보낸 한철

신이 버린 천국에
알바가 있다

먼지는 에덴에서부터 비롯되었다 비가 내려도 씻기지
않는 마네킹이 벗은 채 웃고 있다

일주일에 5일 5시간 파트타이머 PT25는 아침형이 되
었다 다가오는 것이 무서운 것은 곰이나 뱀만이 아니다 비
어 있는 냉장고를 위해 아침저녁을 가릴 수가 없어

천국이 있어
죽지 않은 채 일어날 수 있다

추워요 어머니 떨어진 니 형 거를 입어라 그럼 형은 뭘
입습니까 니 애비 거를 입으면 된다 그럼 애비는요? 뒈지
면 되지 날개 없는 새들이 눈비를 맞았다

옷이 오고 옷이 쌓이고 옷이 허물어지고 옷이 떨어지고
옷이 구겨지고 옷이 바뀌고 먼지기 뭉친디 밖에는 비기 내
리고 마른 바닥을 모프로 닦는다

24

입어 본 것들이 흐물흐물해진다 만진 것이 삐져나온다
꺼내졌다가 쑤셔 박힌다 10번 다녀오겠습니다 천국의 시
간은 화장실에서 가장 빨리 간다

몇 분 남았어요?
고비사막도 아닌데 3주가 고비예요

브이로그

방식의 문제일까

바다는 하릴없고 소나무는 추우나 더우나
무엇을 볼 거라고 오지 않았는데

백미터달리기에서 언제나 이등이나 삼등을 할 때
앞에 가던 아이의 등이 보이지 않을 때

행동의 문제일까

마술을 보면 마술을 배우고 싶었고 차력을 보면 차력을
배우고 싶었고 둑을 쌓는 일은 배우고 싶지 않았고

만화책을 보거나 낙서를 하고 있는데 무슨 공부를 그
렇게 하니

모르는 것을 닫고 돌아서는 등이란
세계의 문제일까

쓰고 있는 모습을 보여 준 적이 없었는데

바다는 저렇게 깊이를 모른 채 제멋대로고

무작정, 배후도 없이?

  판단을 못 하겠어 너는 그렇게 말하며 지하도를 내려갔
다 지하에도 많은 것들이 있지 각축장에서 각축을 하지 않
는다면 단지 뿔의 문제일까

  판단할 필요가 없는 해변에서
  문제는 뿔일까
  그 뿔을 움켜쥐는 손일까

먼저 된 사람

—

형은 먼저 형이 되었다

마마가 어린 몸을 먼저 지나갔다
남겨진 자국에 죽어 갈 날이 하루씩 파고들었다

동생은 형의 동생이 아니라고 했다
아랫목에서 식고 있는 밥그릇이 넘어지고

먼저 될 수밖에 없었던 형은 눈이 파묻는 취한 발을 끌며 집으로 오고 있었다 기미가 없는 봄이 꺼멓게 멍든 뼈를 드러냈다

얼어붙은 밭은 끝까지 파를 움켜쥐고
기다리지 않는 것은 기다리는 것을 내버려 두었다

얼마 남지 않은 날에 파먹을 수 있는 것은 다 파먹고
달력도 없이 넘어가는 얼굴을 벽 속에 묻었다

먼저 되고 만 사람이 버스에 올랐다 기두는 눈길을 먼저 거두었다 다 거둔 얼굴에 죽은 새의 날개 빛이 내려앉

—

28

고 있었다

    동생은 형의 동생이 아니었으면 좋았다
    눈과 함께 어서 가 버리는 이월이었으면 좋았다

    다시 눈발이 검은 발등을 덮을 때
    새 한 마리가 먼저 가는 사람의 얼굴을 뚫고 날아올랐다

    본 사람은 아무도 없었다

비키니 옷장 풍으로

단칸방의 한쪽 모서리는 필요하다 더는 나가거나 늘어나거나 펴질 것이 없는 모서리에는 녹조가 피었다 가벼워서 좋겠어요 나도 이렇게 사는 게 꿈인데, 하는 말은 인사일까 대답이 있어도 할 수 없는 날이다 지퍼 안쪽에는 옷만 있는 거 같습니까? 비키니는 모서리를 간신히 막고 서서 휘어지고 있다 물만 잔뜩 먹은 하마 한 마리가 죽어 가고 있다 접을 때는 의지대로 오지 않는다 이번 생은 훌쩍, 으로 여기자는 말이 들린다 지난겨울에 입고 잔 비키니도 이제 접고 가령 여행한다는 생각으로 말이야, 머물렀다, 는 말이 파헤쳐지다 묻힌다 이제 훌쩍이는 건 그만하지 포클레인으로 한 삽 뜨면 그만인데, 밤에 들어오지 못한 햇볕이 진물로 돋았다 볕으로 나가지 않는 습관만 살아남았다 언젠가 비키니 옷장을 들고 찾아왔던 누이, 이제 멸종하기로 해요 우리는 여기까지만, 휘파람을 불면서

강주연못 근처

강주연못 가기 전 구릉에 단층 슬라브 엎드렸다 그 속에
서 아비와 한 삼 년 각방 쓰며 마지막을 살았다 아비는 논
밭도 새벽도 없이 나는 책상도 정시(定時)도 없이 그늘을
훔쳤다 뒤란도 없이 언덕 막아선 방 안에서 캄캄했다 보일
러가 어느 밤에 아비는 불을 끄고 나는 켰다 머릿속이 갱
도처럼 울렸다 비라도 오면 그늘이 없어 좋았다 슬라브도
옥상도 한통속으로 젖는 것이 좋았다 망각으로 떠내려가
며 밥때를 놓치곤 했다 몇 주먹 쌀을 씻으면 발바닥이 젖
었다 아득히 방문이 열리고 무슨 힘으로 고무신 끄는 소리
일까 하는데 바람이 불었다 언덕과 처마 사이에 혼자 버티
는 목련과 같이 살았다 밤새 흰 무덤이 지붕을 덮는 소리
를 바람이 들려주었다 그러다 새벽에는 마지막 소리로 떨
어져 내렸다 미련이 바닥을 치며 끊어진 갱도를 흔들었다
되갚지 못할 소리였다

너라는 족속은

—

　혹시라도 가까이 오려나 가만히 있으려나 고개를 주억
거리기라도 하려나 뭐라도 기대하려나 눈이라도 마주치
려나 앉아 주려나 누워 주려나 그럴 리가 없다는 것을 눈
곱만큼도 그럴 생각이 없다는 것을 천만의 말씀이라는 것
을 정체가 없다는 것을 알면서도 모르느냐 얄팍하게 구겨
진 채 바라면 먹이가 깔렸다고 생각하느냐 그래도 행어
올 마음이 없어도 오는 척이라도 아는 척이라도 돌아서
지 않는 척이라도 봤던 척이라도 척은커녕 가만있기라도
하면 다리가 부러지냐 발톱이 빠지냐 머리털이 뽑히냐 페
인트칠을 당하냐 내장이 빠져나오냐 꼬치에 끼어 통구이
로 돌아가냐 불안을 가장하면서 오히려 무시하면서 튕기
면서 안면을 싹 바꾸면서 똥구멍을 흔들면서 날름거리면
서 돌아다니느냐 시계를 맡기고 용두산 공원에 앉아 있을
때부터 알아봤다는 듯이 가 볼 테면 가 보라는 듯이 해볼
테면 해보라는 듯이 끝을 보고야 말겠다며 따라와서는 새
를 버리고 비둘기가 되어서 비둘기를 버리고 끈질긴 몸통
이 되어서 끈질긴 근육이 되어서 죽지도 않고 모르는 소
리로 너는 비웃으면서 너는 기어이 돌아오고야 마는 너는

—

더 하실 말씀 있습니까?

    필드를 지켜라, 부스에는 난로가 없었다 전화를 받고 멤버십 포인트를 끊어 주고 앉아 있었다 두 손을 가랑이 사이에 넣고 비비면서 경수는 생각했다 문을 닫는데 거리의 간판은 왜 켜 놓았을까 CCTV는 고객만 감시하는 게 아니다, 그러세요 지키고 있으세요, 부스에 있는 모니터에 필드는 텅 비어 있었다 그러나 경수는 차를 기다렸고 셀프 고객에게 성의를 다하는 마음을 일으켜 세웠다 필드에 혼자 서 있으면 움직이는 물체가 된다 언제나 확인 가능하다 사정거리 안에서 동체를 내보이며 고개를 숙인다 부스에 앉아 있으면 표적은 정확해진다 지킬 것이 없으니 뭐라도 써 볼까 휴대폰 메모장을 열어 놓고 경수는 생각했다 분명한 표적이 되었다고 입력했다가 표적은 생산된다고 고쳤다 같은 공기 속에서 노끈에 목이 졸린 고양이가 바닥에 떨어지고 굶주린 개가 혓바닥을 물어뜯었다 지구가 공전하는 것은 지켜 주지 않는 것을 되돌리는 것일까 아무거라도 써 보자며 숙이고 있는 경수의 얼굴을 액정이 흔들었다 알면서도 필드에 나오지 않으니 내일부터는 아주 나오지 않아도 된다, 고맙습니다, 시작도 하기 전에 이미 진 경기를 할 수 있는 게 어디에요

제2부

통보가 갈 겁니다

조르는 것은 선택할 수 없다 풀리는 날이라고 했는데 기미는 보이지 않았다 감긴 눈을 뜨기 싫었고 박혀 있는 날짜가 자꾸 박혔다 물어볼 수 없는 곳에서 결정이 되고 있다 아직도 결정하지 못한 우유부단이 즐겁니? 언제나 오고 있는 것과 오지 않는 것의 차이는 무엇인지 질문이 소용없어서 규칙도 없다 어떤 육체기에 그런 정신인지 도리가 있겠습니까 항상 모자라는 돈만이 유일하였다 알아봐줄까? 분류되겠습니다 분류가 끝나고 마지막으로 분리되는 육체는 어떻게 정신을 놓는가 상냥한 표정이 무섭게 변해 가는 것을 보면서 살아남을 준비가 없었다 차례가 없다 무서운 것을 웃기는 것으로 바꿔도 변하지 않았다 웃는 얼굴이 깨질 때 허물어지는 것을 막을 수 없다 앉아 있는 자리를 알 수 없었다 의자는 말하지 않았고 나가 주시겠습니까? 굴러다닌 육체가 노골적으로 뭉개졌다 이대로 가도 상관없는 자리를 내주는 곳이 없다 그런 사실을 쥐고 있는 것은 손이 아니다 괴물 반죽을 쥐락펴락해 봐도 조여드는 날이 버젓하였다 모가지는 댕강댕강하는 것을 좋아했다

공복

당신이 하고 있는 무엇
가만히 있게 가만히 두지 않는 시간

이런 말을 들을 수 있다 나왔네요
아니면 이런 말을 할 수도 있다
왔습니다

먼지가 부풀며 피에 섞인다
아스팔트가 헤드라이트를 밀어내기 시작하고

한마디를 끝낸 입술이
냉동고 속에서 굳는다

언 것이 쌓이기 시작하자
흔들리던 빈속이 쏟아져 내린다

무엇을 하기 위해 당신은
약봉지를 잊은 주머니에서 담배를 찾고
가지 밀아야 할 곳이 보이나

—

죽은 나무 위에서 늦은 밥을 먹을 때
문은 닫히는 소리를 낸다

밝아 올 것이라는 말을 지워 버린
아침에는 감꽃이 떨어지고
눈물을 말리고

할 수밖에 없는 것을 하고 나면
이런 말을 들을 수 있다
끝났습니다.

아니면 이런 말을 들을 수도 있다
연락하겠습니다.

가당찮은 일들

—

웃어서 복이 온다면 누가 가로채는가
하루 종일 서 있는 웃음을

커피 자판기에서 컵도 안 나오고 물만 흐르는 날이 어
디 한두 번인가 어디에 대고 물어볼 것이 없는 생이 흘러
들어 가는

하수구에서 생쥐가 올라오고 발목이 물린다
악착같이 습지에서 바르작거리는
월세의 빚진 꿈이여

일 년 거치로 잠시 죽음을 미뤄 놓고 나간 아침에 비가
내린다 아무것도 건질 것이 없는 구덩이가 놓인다

걷지 못한 빨래 뒤에서
문 뒤에서 벽 뒤에서 끊어진 가스 호스 아래서
무거운 이불 속에서 썩고 있는 시체를

모르는 채 넘어가는 하루를
웃으면서 셀 수 있는가

우리라고 부르며 묵살당한 얼굴로 뜯겨진 이름에 걸려
엎어지는 인간이라는 이상한 상태로 일어날 수 없는 일은
일어나는 것이지

매를 맞는 기분으로
웃음을 유발시키는 불행이 되어

필요한 것이 필요 없어지는 과정이 있을까

필요한 것이 무엇인지 생각할 겨를도 없이 몰려온다 파
도도 없이 바람결도 없이

상철 씨는 필요 없는 배경을 두고 앉아 있다
피우는 담배도 연기로 사라지고

필요 있다거나 없다는 말을 한 번도 하지 않았는데
사람들은 그에게 필요한 것이 없다고 생각했다

시장 좌판에 앉아 있는 것은 시장이 필요해서일까 시
장이 없다면 나는 어디에 앉아 있을까, 상철 씨는 그런 생
각을 하지 않았고 시장이 여기 있었군, 하는 표정 앞으로

아이들은 야위지도 않은 채 지나갔다
부모의 손을 잡고 필요한 것에 대한 확신에 차서
과체중의 소리로 웃었다

줄 게 없다, 상철 씨 아버지는 상철 씨가 필요한 것이 무
엇인지 알기도 전에 그렇게 못 박았고 받지 않은 상철 씨
는 모든 것이 다 있는 시장에 와서 앉아 있다

어떤 배경도 없이 앉아 있던 상철 씨가
일어서 가고 나면
시장 역시 그가 있든 없든 그대로 시장이었다

필요한 것이 없어서 피로하지 않은 상철 씨는 들려오는
소리를 그냥 들으며 시장에 앉아 있다 그러다 사라질 뿐
인데 그건 어떤 과정도 아닌 것처럼 보였다

아가리

우리 열차 잠시 후면 황천역에 도착하겠습니다
입은 벌어진 채로
침 흘리는 생이었다

빛을 차례로 죽이며 터널이 밀고 들어오면
갈 것은 가고 말 것이다

지나는가, 황천에 내릴 수 있는 기회를 놓치며 오늘도
지나가는가 올 것은 오고야 마는데

침 튀기던 뒷자리의 반정부가 조용해지고 있다

반정부가 있었지 반정부의 죗값도 있었지 서로 앞서겠
다며 깝죽대는 정부와 반정부의 꼬리 물기가 있었지

황천을 지납니다 어머니
끝장은 이미 어머니가 보셨잖아요

반정부기 뒷지리에서 디시 일어나고

황천은 아무 일도 없는 것처럼 지나가고 있었다
끝장나고 있는 마을이
아무 말도 하지 않은 채 지나가고 있었다

닥치는 것이 없었다
보이는 것이 없었다

빨래방

메고 오는 사람
그림자를 굳이 끌고
뭉친 말을 문 안에 달아 놓고

오래 닫힌 방문을 열고 들어섰을 때 벽은 벗은 냄새
를 끈질기게 걸고 있다 그런데 행거라는 말은 어디에 걸
려 있는가

죽어 가는 냄새가
숨 죽은 말에게 끼친다

영향을 주고 있습니까? 세상을 재단할 수 있단 말입니
까? 쉬지 않는 목젖을 귀담지 않겠다며

돌려놓고 생각한다
아무래도 앉아 있어야 하는 시간
기다리지 않는 것을 기다리면서

문어 놓았던 몸을 파내는 것이다 파내서 끌고 가는 것
이다 끌고 가면서 묻힐 곳을 뒤지는 것이다 뒤지고 뒤지

고 뒤집히는 것이다

　프레임 밖은 끊임없이 삭제되고
　앵글이 없는 세상의 구도
　통돌이

　피고 있는 샤프란 프리지어 로즈마리 사이프러스 아쿠
아 시트러스 페브리즈를 산소계로 표백하면서

　뭉쳐서 메고 가는 사람
　사라지는 사람

닦지 않은 거울을 보았다

안 볼 때 쓰레기는 치워진다 오전까지 거리는 깨끗하다 아침에 샤워를 하고 속옷까지 갈아입었다 깨끗하다 점심을 샐러드 바에서 얻어먹었다 접시를 비우자마자 실례합니다 치워 드릴게요 식탁이 깨끗해진다 건물 화장실에 청소하는 분이 들어온다 더러워지는 사이를 두지 않는다 오늘은 대청소를 하고 나서 검사를 하겠다 먼지 한 개라도 나오면 집에 갈 생각을 하지 마라 먼지도 개수가 있습니까? 닦은 곳을 자꾸 닦았다 영화에서 사람들은 신발을 신고 침대에 올라가곤 했다 그러니까 신발을 벗지 않고 들어가는 방이다 참으로 편하겠구나 그런데 청소는 누가 하는 것일까 그런 방도 저택도 없다 단칸방은 쌓인 먼지가 보일 때까지 청소하지 않는다 고양이가 싸 놓은 똥을 덮고 있다 맨발로 다니는 주제에! 잠들기 전에 생각했다 내일은 청소를 좀 해야지 일어나서 생각을 다시 했다 저녁에는 꼭 청소를 해야겠구나 열어 놓은 방문 앞을 집주인이 지나가며 할긋거렸다 청소는 미덕입니까, 죽은 것은 남이 보이는 곳에서 금방 치워진다 보이지 않는 곳에서는 망치로 머리를 때려죽이기도 한다 아픈 돼지가 맞아 죽은 채 버려졌다 모텔 청소는 동글이 테이프를 잘 써야 한다 깨끗하니까 더 좋습니까? 낡은 탁자를 닦았다 어머니, 반질반

질하던 마룻바닥을 잃어버렸어요 쓸고 닦아라! 닦지 않은
거울이 있다 치우지 않은 방이 있다 얼굴을 들고 다닌다

스타에서 무진장 떨어진 채

거기서 뭐 하세요?
고라니를 피해야 한다

눈을 떠도 자연 눈을 감아도 자연이다 고독한 산책과 몽
상은 오늘 일이 아니다 폭우로 산사태가 나고 긴급 복구
요청이 들어온다

뭐 하다니 여기서
자연과 싸우고 자연을 피하는 생활이다

전원생활이구먼, 다슬기 잡는 수렵도 하고 노을이 잠기
는 강가에 앉아 한적하게 강아지풀이라도 뜯으면 저절로
떠오르겠는걸

시체가 떠오른다고? 무한궤도 불도저 한 대만 있으면
네버 마인드를 밤새 틀어 놓고 갈아엎어 버리겠지만

피해야 한다 자연을
고라니가 헤드라이트 불빛에 죽어라 하고 달려드는 것을

덕분에 살아 있지 건강검진하라고 하루걸러 오는 전화
를 죄송합니다 지금은 전화를 받을 수 없습니다 거절하
고 끊으면서

아주 흘러내려
개죽을 쑤듯이 그래서 개를 키우지 않지만

눈을 감아도 자연이고 눈을 떠도 자연이다 녹색평론을
사 본 지가 꽤 되었다 천지가 녹색이다 천지가 전쟁이다

알아서 뭐 하겠냐마는

노후를 씹는 저녁

    통파이브에서 치킨 샐러드 안주에 맥주를 마신다 오늘 따라 병아리 생각이 났다 아는 사람도 있고 처음 보는 사람도 있다 술자리는 좋다 좋은 거 맞아? 갑자기 마누라 연금이 얼마나 돼요? 안주가 달라지기 시작했다 노후가 벌써 와서 조명을 밝히고 있다 몰라서 하는 말인데 몰라도 되지 않소? 병아리가 자라는 것을 본 적이 있다 사 온 것이 아니라 키운 어미가 낳은 것이다 사실 어미는 키웠다기보다는 스스로 자랐다 밖에는 노후에도 내릴 가을비가 내리고 있었다 술맛이 좋았다 아냥이 아양을 떨지 않자 비아냥이 되었다 씹는 맛이 좋니? 지금 이혼해도 반반이네, 닭 모가지가 왜 있는지 아쇼? 비틀라고 있는 겁니다 이 말은 하지 않았다 겨드랑이에서 날개가 칼처럼 돋아나려 하고 있었다 술맛이 좋았다 병아리 시절이 떠올랐다 물 한 모금 물고 하늘을 쳐다보듯 맥주를 한입 물고 모가지를 쳐다보았다 병아리로 보이니? 폐계처럼 늘어지고 있는 모가지가 눈앞에서 씰룩거렸다 노후는 거저먹겠네, 술맛은 계속 좋았다 거저먹는 노후가 와서 같이 먹고 있었다 하하하! 웃어 주는 1막이 끝나고 있었다 2막이 시작되기 전에 관객이 일어서고 있었다 노후 보장을 서두르는 자막이 뜨고 있었다 치킨이 되는 병아리의 운명이다 남아 있

는 치킨 안주를 찍었다 안주가 안주를 먹었다 노후의 안
주를 한 점 더 드시지?

냉장고 이불

오기는 했었나 한 시절
신나통을 끼고 하루 종일 현수막과
꽃병에 꽂히던 날이 가기는 했었나

큰절 아래 빈집을 찾아들어 숨었다 매표소 아래서 술
을 파는 가게의 탁자는 젖었다 사방의 벽이 볕을 등졌다

팔월 어느 날
살갗을 뚫고 나온 뼈마디를 부딪치며
그가 무릎걸음으로 다가앉았다

이제 와서 돌이킬 수 있는 것은 없다네 한 사람의 얕은
숨은 아랑곳없이 먼 구석에서는 폭죽이 터졌다 크레딧이
없는 한 편의 영화였네

위장을 잃은 채
술 한 잔을 한 시간 동안 마시며

기록하지 않은 말이 방문을 닫았디 벽이 진땀을 쥐며
버텼다 굳이 피를 흘리지 말게나 힘겹게 눕는 그의 말에

뼈가 없었다

    들고 간 냉장고 이불이 무색하였다 부지하지 않겠다는
목숨은 끝내 펜을 쓰지 않았다

    앞서서 갔다
    끌려가지 않았다
    이를 갈지 않았다

부역자

아귀가 맞지 않는 대문이 어긋나는 소리를 들었다 듣지
못했다 젖먹이 아이의 뺨을 때리고 입을 틀어막는 소리를
들었다 듣지 못했다 내려오지 않아도 덮치는 것과 이미 덮
쳐 와서 찢어 놓는 고함을 들었다 듣지 못했다 새벽에 비
료라고 뿌려 놓았던 것이 해가 뜨자 배급된 밀가루였다는
말을 들었다 듣지 못했다 끌려가던 송아지 한 마리가 묽은
똥을 흘리자 문짝을 닫아거는 소리를 들었다 듣지 못했다
꼬리를 물고 가는 소문이 공갈빵처럼 부풀다가 터지는 소
리를 들었다 듣지 못했다 가랑이를 찢어 죽일 년이 밤새
숨을 곳이 없다는 말을 들었다 듣지 못했다 농약병을 들고
산으로 올라갔다는 소리를 들었다 듣지 못했다 출생신고
도 없이 식모살이 가라는 말을 들었다 듣지 못했다 십 년
넘게 머리채를 뜯기다가 어떤 놈한테 붙어먹었느냐는 소
리를 들었다 듣지 못했다 어디로 끌고 가는지는 말해 줘
야 되지 않겠소 너도 죽고 싶지 않으면 닥치고 있어라는
말을 들었다 듣지 못했다 급하게 빠져나간 이불 속으로 들
어가며 고양이가 우는 소리를 들었다 듣지 못했다 미명에
이슬을 털고 있는 볏잎 소리를 들었다 듣지 못했다 쌓인
눈을 밟으며 마당으로 들어서는 발자국 소리를 들었나 듣
지 못했다 하지(夏至) 긴 긴 날에 감자를 캐다가 시신을 찾

으러 오라는 말을 들었다 듣지 못했다 들을 수가 없었다

내리깔고

눈을 똑바로 떠라! 고 했다 힘을 주라고도 했다 힘을 주
면 핏줄이 돋아났다 그러면 핏대를 올리지 말라고 했다
그럼 가드를 올릴까? 눈이 많이 내리는 날 누이는 떠났다
눈물이 있었지만 얼굴에 떨어지는 눈송이가 녹았다 눈앞
이 어두웠다 가지 말라는 말을 할 수 없어서 바라보았다
벽 뒤에서 빌어먹을 년이라고 했다 되받아 줄까? 빌어먹
겠구나 밖에서 소가 눈망울을 굴렸다 뒤에서 따라오던 소
가 앞으로 갈 때 그 눈은 알고 있다 눈은 거짓말을 못 한다
고 했다 거짓말을 해도 몰라봤다 다른 눈을 봐도 거짓말
인지 아닌지 알 수 없었다 눈을 들어 나를 봐! 라고 했다
보면 뭐가 달라지냐고 묻지 않았다 보고 싶지 않았다 눈
사람은 찔러도 피가 나지 않았다 눈물이 그냥 나오는 이유
를 알아? 묻지 않아도 상관없었다 눈 깔아 새끼야! 는 핏
속으로 들렸다 눈알이 튀어나오려고 했다 죽은 어머니는
눈을 감기지 않아도 감고 있었다 눈을 감으면 되었다 잠
을 자면 되었다 안 보면 되었다 뒤로 돌아가면 되었다 무
서워서 감은 줄 아니?

찌그러지는 생수병이 보여 준다

구를 수 없는 처지가 되었다 누워 있다 문밖에 있던 것이 안으로 끌려왔다 다 빼 주고 쓰러지는 처지에 밖으로 끌려 나가는 순서가 있다 개의치 않는다 항상 그 자리에 있는 것을 생각하지 않았다 열어 주지 않는 문이어서 슬프도록 안심하는가 안심하는 곳에서 분노는 죽는가 구석은 습기를 다스리지 않는다 언제부터 따기 시작했나 목을 조르기 시작했나 지하수가 얼마나 좋은데 생수를 사서 마십니까, 지하수를 가지고 있는 사람에게 지하는 분명한 상태가 된다 지하수는 끌려 올라와서 더 분명해졌다 목구멍은 습관이 되었다 묵살하지 못했다 액체가 되지 못했다 늦어 버렸고 밟히는 것을 예상하지 못했다 앞으로 굴러, 뒤로 굴러, 뭉개는 소리가 가득 찼다 맛 좀 볼래? 생수병을 밟는 힘으로도 견디지 못했다 한 병 주실래요? 한 병만 주신다면 더 구를 수 있겠는데 말입니다 지하로 끌려 내려가는 것만큼 분명한 것이 있을까 한통속으로 실려 갔다 요즘 며칠 안 보이던데 어디 갔다 왔소, 내가 안 보였소? 지하수를 마시지 않아서 보이지 않는 거 같은데 밟는 재미를 보여 드리겠소 보이는 앞이 뒤가 되고 뒤는 뭉개집니다 밟기 위해 생수병은 있는 것이오 마시고 싶소? 갈아 마시는 소리를 보여 드릴까?

거시기와 미시

　그 많던 거시기는 누가 데려갔을까. 거시기가 정세 분석을 하며 침을 튀기던 막걸릿집은 빌딩이 되었다. 막걸릿집 주인이 계속 막걸리를 팔 수 있는 정세는 없다. 말발에 주눅이 든 새내기가 침 튀기는 수법을 이어받게 되었을 때, 애비는 땅을 팔았다. 그나마 팔 땅이라도 있었으니 지방대가 땅을 불렸다.

　의장님을 보위하던 동지! 보위를 끝낸 전투조는 어디서 전멸하였는가. 누구나 눌러서 닳아빠진 엘리베이터 버튼을 누르고 있는 동지! 대형 매장 와인 코너 앞에 서면 혼자 앉아 있는 시간이 떠오르는가. 적들의 발소리가 귓가에 들리지 않는 허공의 낭만은 정세의 변화인가.

　싸구려 와인 한 병으로 낭만이 차지 않아 조은데이를 사러 내려가는 오늘의 밑밥.

　언니들 우리는 동시대에 미시적으로 깨지고 있어. 아무리 마셔도 위치를 확인당하는 새벽에 풍비박산이 되었지 해 질 녘 미장원에서 만난 언니 이렇게 힘내리는 말을 할 수 있겠어. 핸드폰이 없으면 일을 못 하니까 잃어버린 그걸 찾으러 가야 해.

　정작 거시기에게 할 말이 있었는데 밑밥만 깔고 말았어 다시 볼 날이 있을 거야 그리고 언니 아무리 생각해도 도저히 힘내라는 말을 못 하겠어 여전히 총 한 자루도 없거든 알코올로 뇌사하기 전에 말이야.

공판장

문이 없는 통로가 사방에 있다 간이식당은 준비한 재료가 없어지면 철수한다 냄새가 시간을 가리키기 시작한다 새벽부터 몸값을 헐어 버린 사람이 있다 나와 앉은 자리를 거들떠보지 않는다 라면 국물을 마저 비운 사람은 알아들을 수 없는 언어 때문에 수레를 밀고 간다 날이 밝지 않아도 빛깔은 서로 나뉜다 물을 뿌린 바닥에서 먼지가 일고 있다 오늘 같은 날이 내일도 있을까 어느새 간이식당 의자는 모두 탁자 위에 올라가고 쌓는 것과 허무는 것이 전부가 된다 허기를 끄지 못한 시간을 아무도 신경 쓰지 않는다 믹스커피는 통째로 있고 뜨거운 물도 있다 안 봐도 안다 내일 보이지 않더라도 묻지 않는다 흩어진 것을 그러담는다 헐값에 들어온 것은 따로 저장된다 하루 만에 뒤바뀐다 나간 사람 뒤로 오후가 지워지고 있다 공판장 안에는 은행이 있다 헐값을 걸친 사람이 나가고 있다

막장버섯

　형을 말하자면 나는 형의 동생이 아니었다 전철은 밟히는 쪽보다 밟는 쪽을 좋아했다 조명탄이 훈련병의 머리통을 목표물로 조준하듯 햇살 아래서 우리는 다른 핏줄로 변해 갔다 모르는 곳에서 핏줄은 조준되었고 흩어진 운명은 끝까지 목표물로 남았다 생의 첫 학교 앞에서 돌아선 형의 등은 벌써 버섯이 자라기 시작했다 열 살에 과수원에서 땅을 파기 시작할 때부터 그에게 지구는 끝없이 내려가는 갱도일 뿐 양지를 지향하며 내 입술이 침을 바르기 시작할 때 형의 등은 이미 흙으로 돌아가는 고목의 뿌리였다 꿈이란 말라 가는 습관성 갈증이었고 꿈이 거세된 목은 갈증 없는 텅 빈 수로였다 절망이 솟지 않는 막장에서 형은 소주의 독성으로 갱도를 비집는 햇살을 모조리 독살했다 쓰지 못한 채 형은 짐을 졌던 자들의 역사가 되었다 마른 물줄기의 등이 채벽으로 묻히고 나는 거기에서 솟은 버섯을 천천히 따 먹었다

제3부

아무것도 아니라고 말했잖소

발끝에서는 냉장고가 돌아간다 돌아가는 소리는 무사한 생각을 갖게 한다 아무 말을 하지 않아도 돌아간다 열어 보지 않아도 안심할 수 있다 유통기한을 지운 채 같이 있다 언제나 같이 있어야 한다 잊어버린 비닐봉지만큼 편한 것이 있습니까? 방 안에서 손을 뻗을 수 있다 한 칸짜리 방에서 할 수 있는 게 뭐겠습니까, 그런 날을 잊고 삽니다 얼굴을 안 보이고 싶은 날에도 냉장고는 있다 하릴없이 나갔다 돌아온 날에는 무심하게 열어 볼 수 있다 죽고 있군, 기대가 없는 것이 차라리 좋았다 냉장고가 돌아가기에 나갈 수 있다 들어가는 마음을 가질 수 있다 서로 멈추지 않고 있으니 동반자라고 부를 수 있다 떨어져 있는 것이 상상되지 않는다 그거 말고는 없지 않습니까, 죽는 것이 같이 살 수 있으니 말이오

체포조

———

　넘을 수 없는 담을 사랑했다
　추방다운 추방을 겪게 해 주고 싶었으나
　가방은 털리고

　가방 속이 아직도 궁금한지 묻지는 않겠다 그것은 지하
(반지하가 아니라)에서 전망을 찾는 것과도 같은 거니까
차비가 있는데 걸어가는 것도 취향은 아니었고

　불가능은 세습일까
　담장 위에는 넝쿨장미가 핀다 가능한 장미

　현 단계에 밑줄을 그으며
　흐르는 촛농을 만져 보던 손가락이여
　대일밴드를 감았구나

　있을 수 없는 일은 가볍게 있을 수 있는 일이 된다 새겨
진 몸이 기억의 장소로 데려간다

　그린데 니는 맞고 나는 틀리다
———
　지하와 서클은 헤어진 지 오래고

68

추방은 당하지 않는 자의 말이 되었다

당할 수 없는 자의 목덜미를 보며
털린 가방을 뒤집어 찢는다

있을 수 없는 일이
날마다 일어나는 거리에
가로등을 견디던 나무가 기어이 쓰러지고 있다

말아먹고

—   어떻게 버티니,
가고 있어?

오늘도 일할 수 있어 행복해요, 라디오 사연을 들으며
가고 있다. 상사는 없고 던져 주는 일이다. 상사가 없다
니까 자율이나 책임 같은 말이 떠오를 수 있겠지만, 그런
일이 있을 수 있을까. 믿을 수 있을까. 그래도 가고 있다.

누구는 개밥이라고 하는 시리얼이 좋아. 우유를 마실
수 있잖아. 의사인지 영양사인지 텔레비전에서 나이 들
어 먹는 우유는 아무 소용이 없다던데, 지금이라도 먹을
수 있는 게 얼마나 다행이야. 탐색견인가 하는 개들은 나
보다 잘 먹더군.

먹음직스럽게 싸 주는 도시락을 가져오는 사람도 있지
만 뭐 그런 것은 중요하지 않다. 무엇을 먹는가가 중요한
사람도 있다는 말은 들었다. 넌 오늘 알코올 말고 뭘 먹
었니.

—   어떻게 버티냐고?

말아먹지.

할머니들이 나와서 통발과 천으로 만든 설치 작품을 해체하고 있다. 조심하세요! 지시자는 말한다. 조심하면서 강한 것은 굴삭기다. 굴삭기는 조심하는 해체의 전문가다.

조심하라, 는 말은 작업 지시자의 말이 아니라 본래 할머니가 하는 말이 아닌가. 네가 믿는 구석은 언제나 무너지지 않지?

말아먹어도 죽지 않으니까
던져 주는 곳으로 가고 있어.

전조(前兆)

얼어 터지는 강 위에서
궁금한 것은 미끄러진다

물고기는 어떻게 나고 있는지
집을 나가 돌아오지 않는 형은
어디서 혼자인지

이제는 알 수 있을 때도 되지 않았습니까
주어진 시간은 주어지지 않는다

돌멩이를 던지면 얼음은 이빨을 드러낸다 갈라지던 곳
으로 걸어 들어가던 그림자, 빈 술병이 박혀 있고 형은 한
벌로 겨울을 났다

헤어질 때는 쓰레기를 버리듯이 온다
베갯잇에 묻은 냄새를 지우려고 세탁기를 돌리면
오전부터 언제나 패색이 짙다

주저앉고 무릎이 깨지고 아스팔트에서 쉽게 깨졌다 가
로수가 잎사귀 몇 개를 덮어 주듯이 떨구고 더러운 날들이

죽고, 일어날 일은 일어났다 누렇게 떨어지는 오줌의
심정이 되어 바닥에 흘려질 때 일고(一考)는 주저 없이 가
치를 내던졌다

기미에 낌새까지 기상캐스터에게 맡기는 날에

비밀도 아닌 새빨간 것들을 밝히겠다고? 밝히라고 밀
려오는 세계의 해변에서 동트는 줄도 모르고 밝히는 것들

그만 전조등은 꺼라, 퇴로까지 열어 놓은 마당에

저물고 있는 아침

좋았어?
겨우 믿고 싶은 자존심으로 버티는 포즈
끝이야.

수색은 아무 성과도 없었다 인간은 쓸모없는 것에 골몰
하게 되어 있다 청둥오리는 떠나지도 않은 채 몰려다니고

안전지대에서 송 일병이 발목지뢰를 밟은 날 김 병장은
홍등으로 외박을 나갔다 따라와 임마

좋았어?
콩나물해장국 속에 떠 있는 달걀을 저었다
가장 효과적인 학습은 반복이다

그래 너를 따라가지 관습적인 수색은 탄창 속에 잠든 실
탄의 무료함을 닮아 갔고 뭔가 큰 게 터져야 하는데

어머니는 여자였는데
영화 초록 물고기에 나오는 큰 나무 식당 같은 데서
밥 한 상 둘러앉아 보지 못했지

74

큰 것은 터지지 않았고 몰랐던 몰락이 다가오고 있었다
앞서거니 뒤서거니 배워야 하는 남자의 성분이란

입을 뚫려 있는 모든 구멍을
파묻어 줄까?

쓸모없이 수색을 나가는 아침이 저물고 있다 아무리 조
를 짜고 좌표를 정해도 자멸한 얼굴로 돌아올 것이다 남
자라는 기분으로

알고 싶어?
저무는 족속들이란

연병장

담 밖으로 고속도로가 지나갔다 새벽은 모포 속에서 잠 깐 들어왔다 나갔다 경적 없는 타이어 소리가 뇌수를 긁 는다 자기 전에 쑤셔 놓은 총구가 발딱 서 있다 개새끼들, 은 속으로 하는 말이다 개돼지 같은 새끼들아, 는 들리는 말이다 화장실에서 빵은 그만 처먹어라 개돼지 같은 새끼 들아 미어터진다, 너희는 우리가 사육한다 사육장은 날뛰 는 곳이다 샤워 시간은 오 분이다! 아수라장이 전시된다 전시는 반드시 철거된다 사나이로 태어나서 할 일도 없다 만 너와 나 나라 지키며 좆만 해졌다 담에는 그늘도 있고 볕도 있다 벽에 붙어 서서 포로의 기분을 만끽하였다 날 짜를 세는 버릇이 꿈에서도 단단했다 정성 들여 쓴 편지 를 애인에게 부치고 나서 나가면 죽여 놓겠어, 사육되는 개가 세습되었다 졸병이 고참이 되고 전선은 고착되고 사 제 팬티를 입었다 애인은 떠나고 좆같아서, 사회는 불안 했다 담 밖에서 고속도로는 여전히 지나간다 일 년이 모 포 속에서 바르작거리다가 나가고 있다 이미 남자가 되었 는데 어디선가 정전(停戰)하자는 소리가 들린다 좆같은 소 리가 들린다 들이밀어?

물렁한 것

물렁하네, 라며 포크 날이 팍 쑤시고 들어왔다 피 한 방울 나지 않는 독한 것이 포크 날을 콱 잡았다고 생각했다 했을 뿐, 이었다 독을 품어라, 는 말을 수없이 들었지만 밑빠진 독이었다 사무실에서 사무적이지 않은 말이 생겨났다 물러 빠져 가지고는, 비가 자주 와서 속이 제대로 차지 않은 복숭아가 아니었다 사무실에서 복숭아는 먹을 수 있다 복숭아는 주지 않았다 사람을 먹으려고 했다 먹히지 않으려고 했다 씹어 먹어도 시원치 않을 일이 생겨났다 충분히 생겨났다 충분히 사무적이지 않은 사무실의 감정이 북받쳐 올랐다 올랐을 뿐, 이었다 밖에는 돌멩이가 보이지 않았고 어딘가에 있을 바위도 건물에 가려 보이지 않았다 사람이 차돌 같아, 라는 말이 사무실에 어울릴 것 같았지만 하는 사람이 없었다 먹으려고만 했다 포크를 들고 팍팍 쑤시는 놀이를 했다 물렁물렁하다고 했다 드디어 허당이라는 말도 공기를 흩트렸다 갈아 마셔도 시원찮다는 생각을 하고 있었다 하고 있을 뿐, 이었다 사무실에 사무원이 없었다 물렁한 손으로 책상을 엎자, 고 생각하고 있었다 책상은 딱딱했다 그 앞에 혼자 앉아 있었다

가스통

새벽에 떨어지는 것은 흔하다 한 잔만, 냉장고는 입을 닫고 배관 속으로 오던 것이 돌아나간다 들어 보아도 알 수 없는 것은 흔하다 말은 무게를 등한시하였다

저렇게 흔한 거리에 그토록 많은 사람들이 나왔다가 한꺼번에 사라지고 아무도 돌아보지 않는 관심을 보란 듯이 가스통이 나와 있고

한번 봅시다 들어 보고 흔들어 보고 재 보고 뒤집어 보고 쑤셔 보고 훑어보고 째 보고 파 보고 훔쳐본다

구경났니? 떨어졌다고 통쾌해? 아무것도 끼치지 않을게 순수하게 말할 수 없이 멀리 있을게 생각조차 나지 않는 곳에 틀어박힐게

너무 식상했어 도망가고 잡으러 가고 그런데 불도 때고 라면이라도 끓여 먹어야 되잖아 부탄가스라도 사야 되잖아 너무 흔하잖아 짜장면 시킬까?

아침에 떨어지는 것은 더 흔하다 찬물에 머리를 감고 갈

곳도 없는데 햇볕이라도 쬐어 줘야지 여호와를 증언하시
는 증인님 저는 한 달 방세치만 살아요

　그만 봐 파악했잖아
　너무 흔해서 가십도 안 되잖아
　믿는 도끼라도 있어?

무순병동(無順病棟)

　제7병동을 제7법정으로 읽었다 죽는 것은 순서가 없다
무순인 채로 기다린다 하얀 시트를 새로 깔고 그 위에 무
순을 눕힌다 무를 묻어 놓으면 기어이 순이 자랐다 기억
을 다 묻은 채 누워 있는 무순은 머리카락과 손톱 발톱이
자랐다 각질이 벗겨진 뒤꿈치는 뛰어놀던 때가 되었다 하
얀 시트 위에서 흰 기저귀를 채우면 텅 빈 희망이 되는가
열린 창문 사이로 짜장면 냄새가 올라온다 기어이 올라온
다 기저귀를 채우고 술집으로 기어이 내려간다 술 냄새를
묻힌 채 돌아오면 어디 갔다 왔느냐고 묻지 않는다 들리
지 않는 귀에 대고 말한다 기어이 못 버리고 왔어요 하나
쯤 없어져도 눈 하나 깜짝하지 않아요 좀 울어 보세요, 라
는 말은 하지 않는다 웃는 모습이 참 좋네요, 웃어서 복이
온다면 입을 찢어 놓으마 계절이 기어이 계절을 버리고 있
다 어울리지 않는 세상에서 법정이 문을 열고 있다 판사님
은 이해할 수 있습니까? 판사는 이해하는 사람이 아니다
기어이 법정을 모독하는 자가 있다 세상을 모독하는 자가
있다 끌고 가는 것은 순서가 없다 때가 있을 뿐이다 기어
이 죽는 사람이 있다 시트가 새로 깔릴 뿐 달라지는 것은
없다 없는 순서를 매기고 있다 기어이 줄에 서지 않는다

킥, 퀵, 캭

나비도 벌도 아닌 채
날아올랐다가 내려올 것이다
먼저 너의 마빡을 군화의 뒤꿈치로 가격하며

버스에서 내려서 왼쪽으로 30m쯤 오면 장모님치킨이
있어 오른쪽으로 돌면 10m쯤에 친구, 목련, 희야 양주 맥
주 빨간 선팅이 죽 있지 희야 지나서 개 조심 써 놓은 담
장 집 대문 열고 들어오면 왼쪽 화장실 옆에 지하 계단
이 보여

속도를 더한 무게 삼백오십 킬로에
마빡은 빠사지듯이 고개를 꺾는다
퍽! 소리와 함께 양 볼이 출렁이며 앞이 뒤가 될 때
왼쪽 군화 등이 꺾어지는 고개를 받친다

장모님치킨 가기 전에 퀵이 옆구리를 스친다 바람이 머
리카락을 빨며 뒤처진다 완전히 뒤처져 버린 그가 반지하
에서 반만 살아 있다 아니 죽어 있다는 것이 맞는 그는 퀵
을 하다 오른쪽 무릎이 완전히 빠사졌다

받치는 것과 동시에 군화 콧잔등을 목덜미에 꽂아 넣는다
너는 완전히 와이드 오픈이 된다
그러면서 두 다리는 완벽하게 워블의 형태를 보여 주며 주저앉는다

받은 삼백을 백장미와 목련 언니들에게 한 달 만에 갖다 바치고 두고 봐라! 동이 트면 빨간 유리창이 검게 죽어 갔다

양쪽 군홧발이 착지하기 전에 65도로 기울어지는 옆구리를
찹으로 찍는다 찍으며 갈비뼈를 파내고 다음에
우선 세계의 모든 은행을 도륙하고

도륙한 은행을 깔아뭉개고 은행나무를 심자 이 밤에 칵소리를 내며 털어 넣자 은행을!

●와이드 오픈: 킥복싱에서 방어가 완전히 무방비 상태로 되어 있는 것.

●워블: 다리나 무릎이 흔들리는 것.

●촙: 글러브의 측면 등을 이용해서 찍어 내리듯이 치는 타격. 반칙이다.

무이

젓가락을 밥상 위에 집어 던지자 한 짝이 자치기처럼 튀어 오르며 냉장고 모서리를 향해 날아간다 곧바로 밥상을 들어 올린다 먼저 국그릇이 엎어진다 국물이 김치 위로 쏟아지려는 순간 들어 올려진 밥상이 기울어지며 통째로 난다 동시에 야 개 같은 년아! 달걀프라이가 3㎝ 정도 허공으로 뜬다 오이소박이가 각각으로 흩어진다 김치 위로 쏟아지던 국물이 그릇과 함께 와락 밥상 모서리를 벗어난다 그때 씨발년아 내가 집 오기 전에 준비해 놓으라 했잖아 근데 들은 척 만 척 처자빠져 있었다 이거지 오늘 한번 죽어 봐라 여덟 자 방의 북쪽 벽으로 밥상이 사십 도 기울어지며 날아가고 있다 달걀프라이 김치 오이소박이가 앉아 있던 그릇을 떠나 의지를 벗어난 방향으로 흩어지고 있다 웅온은 싸리논 소금밭에 서 있었다 멀리서 아버지의 목소리가 들린다 한 잔의 물 물 물 목덜미가 비틀리는 것 같다 방바닥에는 된장국이 분해된 채로 전시된다 밥상이 벽에 부딪히기 전에 힘을 잃고 주저앉는다 접시 한 개가 깨지면서 죽는 소리를 낸다 국그릇이 구르다가 팍 엎어진다 웅온은 망그로브 뿌리 사이를 헤집고 돌아다니는 물고기를 본다 무이를 싣고 있는 뿌리와 아가미와 지느러미 무이를 살고 있는 아버지 절여진 발바닥을 본다 식탁을 샀

으면 엎지는 않았을까 튀어 오르고 쏟아지고 흩어지고 깨지고 뒹굴고 엎어지고 뒤집어지고 구르고 흐르고 처박히던 것들이 멈춘다 사내가 일어선다 일어서면서 마시던 소주병을 든다 남쪽 벽에 붙어 있는 문에 기대 있던 응온이 순간 두 손을 가슴 위로 올린다 올리면서 주방을 본다 씨발년 너는 오늘 죽었다 사내가 일어섰다 크게 떠진 응온의 눈이 주방의 식칼을 바라본다 옆집의 텔레비전에서는 긴박한 드라마가 돌아가고 있었다 한여름 밤이 통째로 소금기에 절어 가고 있다

● 무이: '소금'의 베트남어.
● 싸리논: 베트남의 소금 마을.

두고 온 팔

오른팔을 두고 왔다

여름이 갈 곳을 잃은 것처럼 돌아왔다 우리는 팔을 들고, 그것은 체조가 아니었지

청소기는 들고 밀어야 됩니다 미세먼지가 바닥에 쌓여요 그리고 스팀으로 밀고 밀대로 밀고

잊은 것은 왼팔이었다

청소하며 틀어 놓은 선풍기, 밀고 갈 때 뒤에서 꺽 꺽 돌아가려 애쓰며 바람이 새고

오른팔이 거기에 두고 왔는데 보았어? 왼팔이 그때를 잊은 건 다행이라고 생각하겠지 미세먼지 핑계를 대면서

마지막까지 한 방울도 안 되는 국물을 싹싹 긁고 나면 그릇은 금세 말랐다 여름이 조금씩 식탁에 눌어붙고

전화기를 끄면

아픈 것이 불쑥 문을 연다 소매를 꿰던 팔이 탁탁 불꽃
을 터뜨리고

힘든 일을 마치고 나면 하늘이 더 크게 보이지 않습니까?
그런 말이 들리자
오른팔이 침대 밖으로 떨어졌다

울고 있다

아이가 할머니를 쫓아가며 울고 있다 우는 소리를 들으면서 울고 있다 귓속에 들어오는 소리가 아주 슬프지는 않아서 울고 있다 할머니가 보이기를 바라다가 보이지 않기를 더 바라면서 울고 있다 쫓아가다 멈춰 서서 울고 있다 멈춘 발을 보면서 울고 있다 우는 소리를 잠깐 멈출까 하다가 때를 놓치고 있다 따뜻한 우유와 초코믹스를 떠올리며 웃게 될 미래 때문에 울고 있다 머리카락을 쓸어 넘기는 손가락의 감촉과 어서 먹어라, 하는 목소리가 울게 하고 있다 고양이 한 마리가 아무 관심도 없이 천천히 지나가고 있다 할머니는 보이지 않지만 알고 있는 길이 있어 울고 있다 쳐다보는 사람들을 훔쳐보다가 짐짓 외면하면서 울고 있다 나는 울고 있어요 말하지 않으면서 울고 있다 우는 소리가 자기 귀에 점점 더 크게 들려와서 어쩔 수 없이 울고 있다 멈추는 때를 놓쳐서 돌이킬 수 없는 시간 때문에 울고 있다 나뭇가지는 문득 삼켰던 바람을 후드득 뱉어 내고 있다 울기 시작했던 이유를 잊어버릴까 두려워서 울고 있다 이제는 할머니를 찾을 수 없기를 바라면서 울고 있다 할머니의 목소리를 듣지 못하길 바라면서 울고 있다 그렇게 되지 않을 깃을 알기에 울지 않을 수 없다 울고 있는 자신에게 절망하다가 대견하기 이를 데 없

어서 울고 있다 얼마나 울었는지 알 수가 없어서 멈출 수
가 없다 멈출 수 없는 것을 타고났으니, 태어나 보니 인간
인 아이가 울고 있다

악양

주눅은 완행버스 뒷자리로 가지 못했다 빠져 죽은 처녀의 치마폭처럼 강모래가 쌓이고 넘볼 수 없는 읍내의 밤거리를

서성이던 목덜미 뒤로 진저리를 치며 기차가 지나갔다

누이는 떠나는 사람이었고 오지 않는 사람이었다 오지 않는 편지를 펼쳐 읽어 주면 구들장 아래 눈물을 묻던 어미

식은 밥을 푸고 나면 독 안의 삭은 김치까지 지루하였다 가지 못하는 언덕 너머로 완행버스가 천천히 넘어지던 악양

주춤거리며 주눅을 배웠다
아무리 찢어도 남아 있는 낱장이었다

집 아래서 개울이 우는 소리를 삼켜 주었다 뒷산이 개울을 다 덮었다 밤이면 개울도 뒷산도 모른 척 같이 갔다

기다리는 날이 남아 있는 날이었고

남아 있는 날이 한 치도 어김없이 죽어 갔다

배운 주눅을 끼고 파묻힌 기차의 좌석에
떨어지는 벚꽃을 주우면
낱장에 핏물이 배어 있는 악양

좋은 데가 어딨어요

터미널이 좋겠네
의자와 자판기도 있고 무엇보다
얼굴을 내려놓을 수 있으니까

지하에서 계단이 올라오고 있다 죽치던 다방은 증거품
으로 실려 갔다 적출된 미래에서 커피를 나르던 언니

오가는 새사람 사이에서
보따리를 놓고 간 사람

수원 용인을 거쳐 안산 골프장인데 삼 개월 후면 실장이
야 삼 개월이 몇 개의 삼 개월을 먼저 보내고

숲을 치워 버린 자리에서
앞을 내다보지 않는 눈이 녹고 있다

시작한다는 말은 들었는데
두고 간 겨울옷은 싸서 부쳤어요
기다리고 있으면 사람이 나오는 것 같아서

언니 거기 어디예요? 보낸 거는 받았어요? 여기는 다
뜯겼어요 가스 밸브 열어 놓고 라이타 한 방이면 끝나는데
그 새끼가 가스도 끊어 버리고 언니 끝났어요?

터미널에서 누가 봤다는 말
절대 믿지 마요
언니

달방 있음

뭐라고요? 가는귀를 잡수신 노파가 청국장을 드시며 묻고 또 묻는다 밖에 붙여 놓았기에 들어왔습죠 열지 않은 암막 커튼이 날리지 않는다 빛을 다 빨아먹은 커튼이 무겁게 내려앉은 날을 세지 않았다 코드를 빼고 코드를 꼽고 누가 없어서 누가 들어간다 스치지 않아서 인연이 없다 묻는 사람은 한 사람이다 언제 나간다고? 날짜여서 꼬박꼬박하다 두루뭉술하지 않으니 카운터, 세고 있는 카운터, 노파가 있든 없든 보든 안 보든 카운터만 지나면 된다 구체적으로 날씨를 검색하는 사람들은 들어가는 것과 나오는 것을 보지 못한다 양쪽을 추상적으로 가려 놓은 암막 커튼이 얼마나 구체적인지 뼛속까지 가르고 있다 동물이 웅크리면 등뼈에 말이 고인다 탁자는 덴 자국으로 고스란히 어두워서 구석이 되고 있다 방구석은 차지하는 몫으로 기다리고 있다 언제 나가냐고 물었소? 닫을 수 있는 열쇠 한 개 달랑, 나가는 날을 벽에 걸어 놓는다 암막 커튼이 안도한다 바람은 볕과 그늘을 상관하지 않는다 한 달치 생을 맡겨 놓은 사람이 바람을 닫으며 벽을 치고 있다

무엇을 보았다고 말할 수 있을까

    등을 보이며 돌아눕지 말라는 밤이 있다 그런 밤은 계속된다 보이고 싶지 않은 것이 보여진다 보이고 싶은 것은 잘 생겨나지 않는다 당신, 이라는 말이 벽 속으로 들어간다 보고 싶은 것이 돌아오지 않는다고 믿는 것은 골짜기에 박힌 기억 때문이다 불 꺼진 마당에서 맞고 있는 사람이 있다 도망가는 고양이와 쓸고 가는 바람이 있다 모두는 보이지 않는 등을 내놓으며 지나갔다 내가 안 보이더라도 찾지 말라는 말을 남기고 사라진 사람이 있다 그 사람은 떠났지만 여기서는 사라졌다고 했다 보고 싶은 것이 계속된다고 믿을 때 대낮에 열려 있는 문 뒤에서 맞고 있는 사람이 있다 물고 늘어지는 기억으로 꾸역꾸역 계단을 오르고 닳아빠진 엘리베이터 버튼을 누르는 사람이 있다 등을 내준 적이 있는가 칼을 감춘 채 칼자루를 만진 적이 있다 돌아눕지 않고 마주 보는 밤이 있다 그런 밤도 계속된다 왜 뒤에서 그런 말을 하니? 말문이 열리지 않는 날이 있다 사람의 뒤로 돌아간다 앞에서 본 것이 기억나지 않는다

부정(否定)의 시학

이병국(시인·문학평론가)

1. 돌아가지 않는 생각으로 나무가 있었다

삶은 무엇으로 영위되는가. 이 질문에 대한 답은 어찌 보면 쉽게 이야기될 수 있다. 삶을 구축하는 것은 공통의 물질적 조건 속에 놓이기도 하지만 개별적인 역사와 관계 속에서 누적된 층위로서의 실감이 바탕을 이루기도 한다. 그것들은 모두 삶의 내적 진실을 담보하며 영위되는 한편 닿을 수 없는 거리로 현실과의 괴리를 경험하게 하여 삶에서 존재를 소외시킬 수도 있다. 이상은 「가정」이라는 시에서 시적 화자가 "문고리에쇠사슬늘어지듯매어달렸다"고 하였다. 열리지 않는 문 앞에서 화자가 "늘어지듯매어달"려야 했던 것을 단지 "생활이모자라는까닭"으로, 주체의 무능으로 제한하여 사유하는 것은 잘못이다. 시인이 감각하는 '모자란 생활'을 인지하면서도 그것을 야기한 사적 층위의 역사를 외면하지 않아야만 우리는 삶의 진실에 가닿을 수 있

96

다. 물론 이때의 역사를 일제강점기라는 시대적 특수성에 제한해서는 안 될 것이다. 이 시가 현재까지 읽히는 이유는 시대를 넘어서는 보편적 이해를 획득하고 있기 때문이다. 그 보편적 이해란 삶을 영위하고자 하는 의지가 부정(否定) 당하는 현실과 그로 인해 발생하는 근본적인 자기부정을 초극하고자 하는 간절함일 것이다.

김한규의 첫 시집 『일어날 일은 일어났다』를 따라 여기까지 온 이들이라면 감당하기 힘든 삶의 무게를 짊어진 존재와 마주했을 것이다. 부정의한 세계에 예속된 존재의 자기부정을 지켜보는 고통이 여기에 있다.

생각하지 않았는데 바다가 있었다 바다을 밀며 마분지가 검게 우그러지는 소리가 들렸다 새벽입니까

경치라고 할 수 없는 지경까지 발이 길을 끌었다 나갈 수 있는 데까지 가 보기로 했다 나가라, 는 말을 듣기 전인지 후였는지 기억나지 않았다

여행지입니까, 물어보고 싶었으나 아무도 없었다 행여 돌아갈 의도가 있었는지 돌이켜 보았으나 도리가 없었다

나는 번지고 있었지만 끌 수 없었다 번지가 없는 방에는 종이가 눅눅하게 누워 있었다 그런 날이 또 있을까

물은 물을 수 없는 깊이로 소용돌이를 감추었다 소용없다
는 말도 들리지 않았고 둘러봐도 여전히 검은색은 두꺼웠다

주위가 옆으로 천천히 번졌다 돌아가지 않는 생각으로
나무가 있었다 묽게 지나가고 싶었다

—「어디에서」 전문

　첫 시집의 첫 시로 배치된 「어디에서」는 제목에서 알 수
있듯이 불확정적인 공간을 마주한 화자의 혼란을 중핵으
로 삼는다. 바다 근처 여행지의 새벽으로 시공간을 확정할
수 있겠으나 화자는 "새벽입니까" "여행지입니까"라고 물
음으로써 이를 모호하게 재현한다. 그는 의도치 않은 시공
간에 놓이게 되어 자신의 상황을 구체적으로 상상할 수 없
다. 그것을 불가능한 시공간이라고 이야기할 수는 없을까.
"나갈 수 있는 데까지 가 보기로 했"지만, 그의 의지는 "나
가라, 는 말을 듣기 전인지 후였는지" 알 수 없는 상황에서
비롯된 것이다. 자신의 의지를 뒷받침해 줄 수 있는 상황
이 부재한 채로, 그는 "번지고 있었지만 끌 수 없"어 "번지
가 없는 방"에 "눅눅하게 누워 있"는 "종이"와 다름없는 상
태에 놓인다. 사방이 열린 공간에서 그는 "물을 수 없는 깊
이로" 침잠하며 "소용없다는 말도 들리지 않"는 두꺼운 "검
은색"의 공간에 머물게 된다. 시인이 유희하는 언어의 난
장　이를테면 "경치"와 "지경", "돌아길"과 "돌이켜"와 "도
리", "번지고"와 "번지", "소용돌이"와 "소용없다" 등은 미끄

러지듯 이어지지만, 존재를 구원할 수 없으며 오히려 믿고 있는 세계의 부정 속 진탕에 빠진 듯 화자를 심연의 어딘가로 끌어당긴다. 그러나, "나무가 있었다". 저 바닥에 뿌리내린 '나무'는 '나'의 의지가 투사된 대상이지만, "돌아가지 않는 생각으로" 있는 존재이다. 이전과는 다른 상황을 소망하는 '나'는 '나무'를 "지나가고 싶었"으나 그럴 수 없다. "돌아갈 의도가 있었는지 돌이켜 보았으나 도리가 없"다고 말할 수밖에 없는 그의 상황은 "어디에서" 연유한 것일까. 그것은 어쩌면 그를 저 모호한 공간에 내몰고 돌아갈 도리를 의문에 부치게 하는 사건 이전의 공간에서 찾아야 할지도 모를 일이다.

김한규의 시가 재현하는 존재의 삶은 부정의한 세계에 예속된 상태에 놓여 있다. "볼 것이 없었고 보이는 것이 없었지만 길바닥에 내려서지 않는 것만으로" 위안을 삼아야 하는 처지인 셈이다(「좋은 아침입니다」). "실제로 뭉개지지 않으면서 말할 수 없는 것을 말하거나 서 있는 발바닥을 인정하더라도 실패할" 자신을 감당해야 겨우 삶을 영위할 수 있다(「나는 좀 더 뻔뻔해지기로 했다」). "일을 해 보겠다는 마음 때문에/잘 모르는 채로" 양묘장에 가야 하는 상황은 삶의 제반 여건을 갖추지 못한 '나'의 예속에 주목하게 한다(「양묘장」). 삶을 지켜 나가기 위해 생활을 지속해야만 하나, 그 생활을 위해서 스스로가 "뭉개지지" 않으면 안 된다. 존재를 대상화하여 소모하는 세계에서 "좋은 아침"이라고 "90도"로 인사를 해야 하거나(「나는 좀 더 뻔뻔해지기로 했다」) 해고 통

보("내일부터는 아주 나오지 않아도 된다")에 "고맙습니다"라고 말할 수밖에 없는 사실처럼 말이다(「더 하실 말씀 있습니까?」). '나'는 "단순한 사실"로 구성된 존재가 아닌데도 생활의 필요라는 분명한 사실 때문에 세계로부터 부정된다(「나는 좀 더 뻔뻔해지기로 했다」).

2. 해볼 테면 해보라는 듯이

부정된 존재의 자기 증명은 역설적으로 부정(否定)을 부정(否定)함으로써 쓸모를 내세우는 데 있다. 바우만식으로 말하자면, 우리는 '쓰레기가 되는 삶'으로 전락하지 않기 위해 자신이 잉여적 존재가 아님을 불가피하게 증명해야 하는 처지에 놓인 것이다. '나는 쓰레기가 아니다, 쓸모가 있는 존재다'라고 말할 수 있도록 타자의 부정성을 주체의 능동성으로 전환하여 사회질서와 체계적 재생산에 기여하는 존재로 인정받아야만 한다. 그러나 알다시피 신자유주의적 자본주의 하의 세계는 효율성에 기반하여 존재를 교환 가능한 상품으로 간주할 따름이다. 그러니 세계의 요구에 맞추는 일은 "앞서간 발자국을 따라 밟다 보니 죽는 상태가 되"는 결과를 불러온다(「예광탄」). 당장은 생존에 유리할 수 있으나, 그것이 지속될 것이라는 보장은 없다. 한병철이 '피로사회'라고 이야기한 것도 유사한 맥락을 공유한다. 과거의 규율사회가 부정성의 사회로 복종적 주체를 생산하였던 것과는 달리, 현대는 덩위의 부징싱을 능력의 긍정성으로 전환한 성과 주체를 생산한다. 언제든 하나의 개체를 다른 개체로 교환 가능한 세계에서 존재의 당위는 부정된다. 그런 이유로 부정을 부정하기 위해 자신의 능력을 긍정해야 하는 피로가 체화되어야만 자신을 보존하고 증명할 수 있게 되는 것이다. 스스로를 착취함으로써 살아남을 수 있는 세계가 지금 우리가 발 딛고 사는 곳이다.

그런 점에서 "참선을 하지 않았고 골똘하지 않았고 욕심을 보이지 않았고 어떤 말도 하지 않았고 들려오는 것은 듣고 있었는데"라고 말하는 「쓸모는 무엇에 쓰는 물건인가」의 '상철 씨'는 정확하게 현대를 사는 존재라 할 수 있다. "번영을 위한 시장 좌판" 한 자리를 차지한 '상철 씨'는 시장의 번영과는 관련이 없다. 그저 생활로서의 삶을 구축하고자 하지만 누구의 관심도 끌지 못하는 존재일 따름이다. 오히려 주변 사람들의 "눈에 띄는 작은 쓸모라도 없애려는 노력의 결과"로 시장에서 배제된다. 그저 삶을 영위하기 위한 한 방편으로 시장 좌판에 가는 "자유"는 그 공간의 번영에 일조하지 못한다는 점에서 '상철 씨'를 소외시키며 '쓸모없는' 존재로 만든다.

빛이 가려지는 시간과 빛이 들어오는 시간과 빛이 사라지는 시간뿐이다 서로는 없다 벽과 틈과 관이 룸으로 나뉘지만 통으로 다뤄진다 애초에 인간 따위는 관심조차 갖지 않았다 서서히 낡아 가는 냄새뿐이다 온갖 종류의 인간 때문에 점점 지쳐 가지만 그들 탓도 아니다 나의 성분은 주어진 것뿐이다 (중략) 하지만 내가 그걸 알아서 무엇에 써먹

겠단 말인가 바닥에서 올라오는 것이 있다 내려가는 것이
있다 한 줌의 빛 속에서 죽어 가는 것이 있다 들어올 때는
인간에 따라 상태가 다를 수 있지만 통으로 스러져 갈 뿐이
다 부서지는 인간의 얼굴과 삭아 내리는 몸뚱이를 내가 왜
받치고 있어야 한단 말인가 (중략) 모든 상태가 있다 그렇
다는 것이다 지금까지 한 말도 내가 한 말이 아니다 서로는
없다 무너지고 있을 뿐이다 있다고 생각할 필요도 없는 것
들이 있다는 말은 잘도 한다

「원룸의 입장」 부분

　　인용한 시의 화자는 '원룸'이다. '원룸'은 "원룸의 입장"에
서 '원룸 생활자'를 본다. 빛으로 시간을 감각하는 '원룸'은
그대로 '원룸 생활자'의 미메시스다. 분명 개별적 존재이며
존엄한 삶이겠으나, '원룸'에 투사된 '원룸 생활자'는 고립과
비참 속에서 "무너지고 있을 뿐이다". "주어진 것"을 자기
증명의 "성분"으로 수용하는 일은 "한 줌의 빛 속에서 죽어
가는 것"과 다름없다. 아니 "빛"조차도 주어진 것이기에 존
재를 밝히는 데에는 하등 쓸모가 없다. 자신의 존재 가치를
증명하지 못하는 존재는 잉여가 된다. 잉여는 앞에서 이야
기했듯, 존재를 '쓰레기'로 전락하게 만드는 계기가 되며 불
확실성 속에서 배제된 상태에 머물게 한다. 그 상태로 "부
서지는 인간의 얼굴과 삭아 내리는 몸뚱이"를 감당해야 하
지만, 그것이 존재의 전부가 되어 버릴 때 모든 상태의 '있
음'은 버거운 삶의 양태가 된다. "서로는 없다"는 말이 주는

전율은 '원룸'이라는 공간, 즉 단독자의 고립과 공포로부터 비롯된다. 어디에도 써먹을 수 없는 "다만 있을 뿐"인 존재의 곁을 지키는 시인의 고통이 여실하다.

그러므로 '원룸'이 내부의 존재를 부정하는 일을 시인이 다시 부정하는 것은 자연스러운 수순이다. 시인은 '비키니 옷장'이 상징하는 가벼운 이동을 통해 '원룸'의 공간이 존재에게 강요하는 고착화로부터 존재가 벗어나도록 이끈다. 이는 '원룸'이 '원룸 생활자'의 미메시스라는 점을 고려하면, 존재가 잉여적 존재로 전락하는 것에 대해 부정의 층위에서 부정하는 행위임을 짐작할 수 있다. 물론 이 부정은 "의지대로 오지 않는" 것이라서 안전한 지위로부터 탈각된 삶을 내포한다. "비키니는 모서리를 간신히 막고 서서 휘어지고 있다". '원룸 생활자'는 "단칸방의 한쪽 모서리"에서라도 버틸 수 있으면 좋으련만 언제든 방출될 위기에 처한다.(「비키니 옷장 풍으로」) 그러나 시인은 "거기 있어라"는 명령에 "여기 있다"는 응답으로 수긍하기보다(「좋은 아침입니다」) "이제 멸종하기로 해요 우리는 여기까지만"이라고 함으로써(「비키니 옷장 풍으로」) 고착됨을 거부한다. 고착되느니 머묾의 상태에 있겠다는 의미. 그로 말미암아 발생하는 잠시의 위안은 "해볼 테면 해보라는 듯이 끝을 보고야 말겠다"는 저항의 서사를 구현한다(「너라는 족속은」). 이는 스스로를 기만함으로써 세계의 부정에 대응하는 방식이라고 말할 수 있을 것이다. 한편에서 이를 패배자적 수행이라고 할지도 모른다. 그러나 "시작도 하기 전에 이미 진 경기"라서 아무것도 하지

않는 것보다 "할 수 있는 게 어디에요"라고 말하며, 지킬 것
없이 텅 비어 있는 삶의 장소에서라도 "이미 진 경기"를 수
행하려는 행위야말로 존재를 잉여로 전락하지 않도록 하는
더 가치 있는 일이라 할 수 있다(「더 하실 말씀 있습니까?」).

　　조르는 것은 선택할 수 없다 풀리는 날이라고 했는데 기
　　미는 보이지 않았다 (중략) 물어볼 수 없는 곳에서 결정이
　　되고 있다 아직도 결정하지 못한 우유부단이 즐겁니? (중
　　략) 항상 모자라는 돈만이 유일하였다 알아봐 줄까? 분류되
　　겠습니다 (중략) 앉아 있는 자리를 알 수 없었다 의자는 말
　　하지 않았고 나가 주시겠습니까? 굴러다닌 육체가 노골적
　　으로 뭉개졌다 이대로 가도 상관없는 자리를 내주는 곳이
　　없다 (중략) 모가지는 댕강댕강하는 것을 좋아했다
　　　　　　　　　　　　　　　　　　　　—「통보가 갈 겁니다」 부분

　　당신이 하고 있는 무엇
　　가만히 있게 가만히 두지 않는 시간

　　이런 말을 들을 수 있다 나왔네요
　　아니면 이런 말을 할 수도 있다
　　왔습니다

　　(중략)

할 수밖에 없는 것을 하고 나면
이런 말을 들을 수 있다
끝났습니다.

아니면 이런 말을 들을 수도 있다
연락하겠습니다.

—「공복」부분

존재를 "가만히 있게 가만히 두지 않는 시간"에 처하도
록 하는 세계의 요구에 응답하더라도 우리는 우리 자신을
지키기가 어렵다. "할 수밖에 없는 것"을 해도 "끝났습니
다" 혹은 "연락하겠습니다"라는 말을 들어야만 하는 상황
속에서 우리가 선택해야 하는 것은 일종의 자조다. 자기 위
무라고 할 수도 있겠다. 허기를 채우는 일조차 능동적으로
수행할 수 없는 처지로 내몰린 셈이다. "물어볼 수 없는 곳
에서 결정이 되고 있다"는 결정의 외주화. 존재에 대한 생
사여탈권이 외주화된 상태에서 "앉아 있는 자리"는 "알 수
없"어 늘 심각한 생존의 위기에 놓인 우리는 그 부정된 자
리를 자신의 존재 조건으로 수용하게 된다. 존재의 의미와
가치를 사유하고 그것을 실현한다는 것은 요원하기만 한
것일까. 그러니 잉여로 전락하지 않기 위해 스스로 "분류되
겠"다고 말하거나 "모가지는 댕강댕강하는 것을 좋아했다"
고 하면서 부정을 긍정함으로써 존재의 내재적 조건으로
삼는 것인지도 모를 일이다.

김한규의 시가 대응하는 방식이 부정의 부정인 것은 세계의 강요에 의해 존재가 겪게 되는 고통을 현시함으로써 소비되는 것을 경계하는 전략이라고도 할 수 있다. 재현의 대상이 경험하는 고통을 구경거리로 만드는 일은 존재를 세계로부터 삭제시키는 일과 같아서 나름의 의미는 있을지언정 존재의 존엄을 붕괴시키는 결과를 초래한다. 시인은 이를 돌파하기 위해 부정의한 세계 속에 놓인 존재가 현실의 요구를 부정하거나 이를 아이러니하게 눙치는 방법으로 시적 사유를 전개해 나간다. '상철 씨'의 존재 여부와 상관없이 "그가 있든 없든 그대로 시장"인 세계에서 "필요한 것이 없어서 피로하지 않은 상철 씨는 들려오는 소리를 그냥 들으며 시장에 앉아 있다 그러다 사라질 뿐인데 그건 어떤 과정도 아닌 것처럼 보였다"는 식의 대응처럼 말이다. 필요를 강요하는 세계는 시장의 방식으로 소비 주체가 되도록 우리의 위치를 강제한다. 우리는 "시장이 필요해서" 시장에 앉아 있다.(「필요한 것이 필요 없어지는 과정이 있을까」) 이때의 '필요'는 무엇인가. 우리가 시장을 필요로 하는 것인가, 아니면 시장이 우리를 필요로 하는 것인가. 신자유주의적 자본주의는 상품을 소비하는 것을 넘어 우리 자신이 상품이 되도록 만든다. 자본주의는 자유로이 욕망을 충족시킬 수 있다는 욕망의 탈영토화를 주장하지만, 이는 물적 지위 획득의 불평등한 체계를 은폐하며 시장의 필요에 의해 재영토화된 욕망을 자발적 능동성이라는 층위로 옮겨 놓는다. 이러한 상황에서 우리는 소비 주체라는 시장의 필요에 응답하는 존재가 된다. 이를 사회의 구성 인자로, 필요를 소구하는 주체로 볼 수도 있으나 실상은 대체 가능한 존재로 전락하고 마는 것이 사실이다. 흔히 이야기하듯, '나'의 부재가 세계의 멸망으로 이어지는 것이 아니라 그저 '나'의 끝, '쓰레기가 되는' 잉여의 상태에 처하게 되는 셈이다. 시인이 재현하는 주체는 충족될 욕망조차 품어 본 적 없이 거세된 존재와 다름없다. 한편으론 "필요한 것이 없어서 피로하지 않은"이라고 부정을 부정함으로써 세계의 강제를 돌파할 가능성을 확보하게 된다.

3. 문이 없는 통로가 사방에 있다

김한규의 『일어날 일은 일어났다』를 이루는 많은 시편들은 배제된 존재의 체념적 말투로 현실의 비참을 발화하는 경우가 많다. 그러나 앞에서 다뤘듯, 발화의 양상은 부조리한 세계에서 절망하는 존재의 전락에 머무르지 않는다. 비록 실제적 효과의 층위에서 의미 있는 저항의 사례가 될 수 있을지 의문이 들기도 하지만, 사적 역사를 되짚어 나가는 자기애적 향수 또는 적당한 위무를 가장하여 개별 주체의 연대를 꿈꾸며 세계를 더 나은 세계로 바꿀 수 있다는 희망을 제시하지 않는 데 의의가 있다고 할 수 있다. 어설픈 희망은 고통을 향유함으로써 현실을 은폐하는 기능을 한다. 김한규의 시가 구축하는 가능성은 부정된 존재의 실체를 감추지 않는 데에서 비롯된다. 김한규의 시는 "더러워지는 사이를 두지 않"으려 하는(「닦지 않은 거울을 보았다」) 세계로 인해 "프레임 밖은 끊임없이 삭제되고/앵글이 없는 세상의 구도"인 "통돌이" 속에서 표백되는 존재를 고스란히 재현하여(「빨래방」) "치킨이 되는 병아리의 운명"이 우리의 일이라는 것을 분명히 함으로써(「노후를 씹는 저녁」) 현실을 직시하도록 우리를 이끈다.

이처럼 부조리한 현실이 어제오늘의 일만은 아닐 것이다. 「부역자」와 「찌그러지는 생수병이 보여 준다」를 읽고 있노라면 폭력적 상황에 노출된 채 그 부당함을 온몸으로 감당해야만 했던 어느 시기가 오늘과 겹쳐진다. "있을 수 없는 일이/날마다 일어나는 거리에/가로등을 견디던 나무가 기어이 쓰러지고 있다"고 한 「체포조」도 마찬가지다. 백석의 시에 나오는 '갈매나무'처럼 시인의 '나'가 투사된 '나무'의 오롯함조차 지켜 낼 수 없었던 시절이 과거로부터 현재로 이어진다. 들어도 "듣지 못했다"고 말할 수밖에 없는 것처럼(「부역자」) 생존을 위해 부당함에 부역해야만 하는 것은 폭력에 노출된 삶의 신산함을 과거의 상황으로 치부할 수 없게 한다. 그렇게 견뎌 온 삶이 지금 여기에 지속되고 있다. 혁명의 단초로 삼을 투쟁의 현장은 늘 억압당하기만 했다. "끌려가지 않"기 위해 "앞서서" 가며 "이를 갈지 않"고 이후를 모색하는 것만이 존재의 존엄을 지키는 행위겠지만(「냉장고 이불」), 감시와 처벌로 구성된 세계에서 저항은 묵살되고 말았다. 그 대신 주어진 거라곤 비참과 비굴이라서, "안 보면 되었다 뒤로 돌아가면 되었다"는 자학적 언술만이 남았다(「내리깔고」). 그러나 이를 전락의 기록이라 단정할 수는 없다. "꿈이란 말라 가는 습관성 갈증이었고 꿈이 거세된 목은 갈증 없는 텅 빈 수로였"던 "짐을 졌던 자들의 역사"는 부정의한 세계를 부정의 방식으로 저항했던 기억을 통해 현재로 연결되기 때문이다(「막장버섯」). 아도르노가 예술에 대해 이야기하면서, "만일 축적된 고통에 대한 기억을 떨쳐 버린다면 역사 기술로서의 예술이 무슨 의미를 지닌단 말인가?"[1]라고 했던 것은 부정성이 현실적으로 여전히 존재하는 세계 속에서 예술이 실천적 변화를 위한 전망을 열어 준다고 믿었기 때문이다. 부정의에 대한 성찰도 중요하지만, 세계의 변화를 끌어낼 실제적 실천에 좀 더 다가서야 할 것이다.

그러니 우리는 실천해야만 한다. 저항을 속으로만 삼키고 마는 것은 부정의한 세계에 의해 "사육되는 개"로 남아(「연병장」), 다가오는 몰락을 필연으로 여기는 오류에 매몰되는 것과 같다. 그 위험에 우리 자신을 노출시킬 이유는 없다. 시를 읽고 쓰는 일이 우리를 무력함에서 구원할 수는 없을지언정 김한규의 시가 보여 주듯, 현실을 직시하고 부정을 부정함으로써 실현되지 못하더라도 딱딱한 책상 앞에 앉아 "물렁한 손으로 책상을 엎자, 고 생각"하기라도 해야 한다(「물렁한 것」). "기대가 없는 것이 차라리 좋았다"는 자족적인 만족은(「아무것도 아니라고 말했잖소」) "자존심으로 버티는 포즈"일 따름이다(「저물고 있는 아침」). "텅 빈 희망"만이 전부

---

1 아도르노, 『미학이론』, 홍승용 역, 문학과지성사, 2005, p.402.

인 삶이어도 "기어이 줄에 서지 않"음으로써 순종하지 않는 삶으로 발을 내디뎌야 한다(「무순병동」).

　　등을 보이며 돌아눕지 말라는 밤이 있다 그런 밤은 계속 된다 보이고 싶지 않은 것이 보여진다 보이고 싶은 것은 잘 생겨나지 않는다 당신, 이라는 말이 벽 속으로 들어간다 보 고 싶은 것이 돌아오지 않는다고 믿는 것은 골짜기에 박힌 기억 때문이다 불 꺼진 마당에서 맞고 있는 사람이 있다 도 망가는 고양이와 쓸고 가는 바람이 있다 모두는 보이지 않 는 등을 내놓으며 지나갔다 내가 안 보이더라도 찾지 말라 는 말을 남기고 사라진 사람이 있다 그 사람은 떠났지만 여 기서는 사라졌다고 했다 보고 싶은 것이 계속된다고 믿을 때 대낮에 열려 있는 문 뒤에서 맞고 있는 사람이 있다 물 고 늘어지는 기억으로 꾸역꾸역 계단을 오르고 닳아빠진 엘 리베이터 버튼을 누르는 사람이 있다 등을 내준 적이 있는 가 칼을 감춘 채 칼자루를 만진 적이 있다 돌아눕지 않고 마 주 보는 밤이 있다 그런 밤도 계속된다 왜 뒤에서 그런 말을 하니? 말문이 열리지 않는 날이 있다 사람의 뒤로 돌아간다 앞에서 본 것이 기억나지 않는다
　　　　　　　　　　—「무엇을 보았다고 말할 수 있을까」 전문

　　"보이고 싶지 않은 것"만 보여지고, "보이고 싶은 것은 잘 생겨나지 않"는 것이 어쩌면 삶의 단순한 사실인지도 모 른다. 중요한 것은 성취가 아니라 잘못된 믿음이 은폐하고

있는 것을 외면하지 않는 행위에 있다. "보이지 않는 등을 내놓으며 지나"가고 사라짐으로써 세계의 부정으로부터 도피하는 것이 아니라 "불 꺼진 마당에서", "열려 있는 문 뒤에서 맞고 있는 사람이 있"다는 것을 직시하는 데에서 우리는 우리의 존재 의의를 찾을 수 있다. 부정의 부정은 부정의한 세계를 부정하려는 능동적 실천에 의해 이루어진다. 부정을 외면하는 것은 부정의 부정이 될 수 없다. 김한규의 시가 "돌아눕지 않고 마주 보"려는 것이 바로 여기에 있다. 거짓이고 폭력인 줄 뻔히 알면서도 외면하고 도피하는 것은 존재를 좌절의 상태로 전락시키는 것이다. 그러한 기만을 부정하는 것이야말로 다른 가능성으로서의 우리의 삶을 사유하고 그로부터 시적 진실을 모색하는 행위가 된다. 그 행위에서 "무엇을 보았다고 말할 수 있을까". 이 물음에 김한규의 시는 분명하게 대답하지 않는다. 그러나 그 분명하지 않음으로부터 도피하지 않는다. 어떠한 형태로도 밤은 계속될 것임을 인정하는 방식으로 김한규의 시는 "사람의 뒤로 돌아간다". 비록 "앞에서 본 것이 기억나지 않는다" 하더라도 뒤를 든든하게 받쳐 줄 것이다. 바로 그런 이유로 김한규의 첫 시집은 부정의한 세계가 강제하는 존재의 부정을 부정하는 시적 실천을 통해 다른 가능성을 사유할 수 있도록 한다. 이것이 "멈출 수 없는 것을 타고났으니, 태어나 보니 인간"인(「울고 있다」) 우리가 김한규의 시를 읽는 이유일 것이다.